LETTRE

DE

JACQUES BONSENS,

L'ARTÉSIEN.

LETTRE

DE

JACQUES BONSENS,

L'ARTÉSIEN,

SUR

DIFFÉRENS SUJETS

A L'ORDRE DU JOUR,

QUI INTÉRESSENT TOUS LES BONS FRANÇAIS,

PUBLIÉE PAR QUELQUES AMIS DE LEUR PAYS.

PRIX : 25 C.

1ᵉʳ MARS 1834.

ARRAS : IMPRIMERIE D'AUG. TIERNY, RUE ROYALE.

JACQUES BONSENS,

L'ARTÉSIEN,

A SON AMI MORIN.

20 FÉVRIER 1834.

A bon entendeur, salut....

I.

Vous me demandez, mon cher Morin, d'éclairer votre opinion sur la situation de la France, sur les doctrines publiées par certains journaux qui se disent exclusivement les amis du peuple ; enfin, sur des questions qui touchent aux intérêts du présent et de l'avenir de notre patrie : je vous répondrai avec vérité, avec impartialité. Votre confiance m'honore, et je crois, comme vous, que tout bon citoyen doit se faire, sur ces points important, une conviction qu'il puisse, au besoin, communiquer aux autres.

Certains journaux, cessant d'être aveuglés par la haine profonde qu'ils portent au gouvernement né de la révolution de juillet, et aux institutions sur lesquelles il repose, sentent leur impuissance contre l'attitude ferme du pays qui repousse leurs perfides insinuations; ils changent parfois de méthode. Ils essaient d'arriver par l'hypocrisie au but qu'ils croyaient atteindre à force d'audace. Ne vous y trompez pas, l'artifice est trop grossier pour qui connaît leur tactique : cela rappelle la fable du loup devenu berger ; ce loup, qui s'était affublé des habits, de la musette et de la panetière de Guillot, pour mieux tromper et pour dévorer plus facilement les crédules moutons, fut reconnu, *parce qu'il ne put du pasteur contrefaire la voix,* et tomba victime de sa propre ruse. Méfiez-vous donc de ses pareils, quand, après avoir en vain cherché à renverser le gouvernement par leurs journaux incendiaires, leurs clubs et leurs émeutes, ils reconnaissent que l'heure du succès n'a pas sonné pour eux, et ajournent à des tems plus heureux leurs sinistres projets. Ils disent alors qu'ils ne prétendent rien détruire et qu'ils n'en veulent qu'à l'administration, parce qu'elle ne marche pas dans l'intérêt du pays ; ils l'accusent d'être ennemie des libertés publiques, prodigue de nos richesses, insouciante de l'honneur national. Que ne disent-ils pas ? Il faut d'abord admettre comme très-probable que si le gouvernement de juillet avait pu placer tous les plaignans, les rangs de l'opposition seraient vides, ou plutôt, ils se seraient garnis d'autres hommes s'animant à froid, comme ceux-ci, contre les iniquités du gouvernement qui se passe de leurs secours. La première cause de ces éternelles doléances est donc que Messieurs tel et tel ne sont pas appelés à prendre part au festin du budget, ainsi qu'ils reprochent amèrement aux autres de le faire. Méfiez-vous de leurs attaques intéressées, et jugez avec moi leurs jugemens.

II.

DE L'ADMINISTRATION.

QUELS SONT SES DEVOIRS; COMMENT ELLE LES
REMPLIT; ET QUELS BIENFAITS NOUS
SOMMES EN DROIT D'EN
ATTENDRE.

L'administration existe dans l'intérêt commun.

Elle est chargée de la direction des affaires publiques.

Elle se divise en autant de branches qu'il y a de services généraux : comme la justice, l'intérieur, la guerre, la marine, les travaux publics, les cultes, le commerce et les manufactures, et l'instruction publique.

Elle embrasse tous les besoins, comme elle protège tous les droits et tous les intérêts.

Elle seule nous garantit l'exécution des lois qui consacrent la sûreté de nos personnes et de nos propriétés. c'est une sentinelle avancée qui veille sans cesse, qui a l'œil toujours ouvert pour défendre la société. Elle répond de la conservation, de l'amélioration de nos routes, de nos canaux, nos places fortes, nos arsenaux, nos ports, nos monumens publics, nos établissemens d'instruction, nos musées ; de ce qui est à l'usage de tous, et n'appartient en particulier à personne. Les rouages, qui composent cette admirable machine, fonctionnent avec ensemble, avec harmonie. Si les guerriers, soldats ou chefs, qui composent nos armées, nous répondent du maintien de l'ordre

et de la défense de nos foyers ; les magistrats ; les fonctionnaires civils et ecclésiastiques ne remplissent pas des
devoirs moins nécessaires, ni dont l'accomplissement soit
moins précieux. C'est au paiement de ces divers services
que sont employés les impôts ; car, soyez-en convaincu,
l'État ne thésaurise pas, et les contributions levées sur le
peuple, retournent, chaque année, à leur source, puis-
qu'en définitive, elles sont consacrées, sous les yeux et le
contrôle sévère des chambres, aux besoins publics.

Les traitemens des fonctionnaires ne sont-ils pas conve-
nablement réduits ? et n'en est-il pas un grand nombre,
comme ceux des officiers, des juges, des desservans de
campagne, qui sont bien strictement mesurés aux besoins
communs de la vie ? Si l'impôt est encore assez élevé, il ne
faut s'en prendre qu'aux circonstances graves dans lesquelles
nous nous sommes trouvés, et à l'attitude armée qu'il nous
a fallu conserver, depuis trois ans, pour imposer aux
puissances voisines. On sent bien que l'entretien de 400,000
hommmes est une très-lourde charge ; mais elle est le plus
sûr moyen d'éloigner la guerre, qui entraînerait de bien
plus grands sacrifices.

III.

CE QU'A FAIT L'ADMINISTRATION DEPUIS TROIS ANS.

L'administration n'a pas besoin d'être disculpée des
éternels reproches que l'opposition lui adresse. Jugeons-
la par ses actes ; ils parleront assez haut en sa faveur. La
guerre européenne était imminente, et la paix n'a pas été
troublée, grâce à la contenance ferme du gouvernement.
La France a maintenu, étendu même sa prépondérance en

Europe; les partis sont comprimés, il ne leur reste que la voix pour pousser d'impuissantes clameurs, et une plume trempée dans le fiel pour attaquer ce qu'on doit défendre, et déplorer des maux imaginaires. Le crédit public est florissant; l'industrie a pris un essor prodigieux; le pays est doté des institutions les plus libérales qu'aucun peuple ait jamais possédées. Nous avons une dose de liberté et d'aisance générale qui nous est enviée par nos voisins mêmes, les Anglais, nos aînés dans la jouissance du régime constitutionnel.

« Tous ces biens, nos hommes dits *du mouvement* veulent, à toute force, nous persuader que ce sont des maux. Ils viennent nous crier, tous les matins, que l'honneur national est outragé quand l'Europe nous respecte; qu'on rive nos fers quand chaque jour consolide nos libertés; et que nous mourons de faim au milieu du travail et de l'abondance. Que voulez-vous, c'est un parti pris : ils nieraient la clarté du soleil en plein midi; et pourquoi rejettent-ils l'évidence? c'est parce que les supériorités sociales leur pèsent, l'envie leur donne le cauchemar; ils ne veulent plus de rois, plus de prêtres; ils passeraient leur niveau fatal sur tout ce qui est au-dessus d'eux, quittes à fouler d'un pied plus impitoyable ce qu'ils espèrent dominer. En un mot, ils veulent nous ramener à la république...

IV.

QU'EST-CE QUE LA RÉPUBLIQUE ?

C'est le gouvernement de tous; c'est dire assez qu'il est variable, capricieux, sans garanties; car les hommes passent vîte, et leurs passions font plier les principes. De là, les droits individuels méconnus, les intérêts froissés, les dissensions, et tous les désordres d'une machine qui marche mal. Vous avez entendu parler du royaume du roi *Petau*, où tout le monde était maître, où chacun commandait sans trouver personne pour obéir : eh bien? ce royaume-là, c'est la république.

Pour vous faire une idée d'un grand État où manque l'unité monarchique, centre du pouvoir, figurez-vous un vaisseau sans pilote, qui, à la première tourmente, irait se briser contre les rochers. De même qu'il y aurait danger à confier à plusieurs personnes la barre du gouvernail, ainsi un grand État doit être conduit par une main assez ferme pour tenir le timon des affaires, c'est-à-dire, par le pouvoir royal, tel que la Charte l'a constitué, balancé par d'autres pouvoirs qui forment l'utile contrepoids de l'autorité souveraine. De cet équilibre résulte une parfaite harmonie qui garantit à la fois l'ordre et la liberté. J'insiste sur ce point : avez-vous vu des familles sans chef, ou assez malheureuses pour en avoir plusieurs, c'est-à-dire, dont les membres s'arrogeaient des droits arrachés à la faiblesse du père de famille? La discorde habite ces demeures, chacun s'isole au lieu de concourir de tous ses moyens à la prospérité commune; une perte certaine est l'inévitable résultat de cette atteinte portée à l'ordre naturel.

Ce tableau est l'image fidèle d'un État dont les citoyens s'acharneraient à disputer aux dépositaires du pouvoir la portion d'autorité que la loi leur a confiée. Là, comme dans la famille divisée contre elle-même, il y a discorde et anarchie; il doit y avoir ruine prochaine.

La fureur de tout censurer, le désir de tout connaître,

de tout limiter, a des inconvénieus très-graves : « Il est
» dangereux, dit un auteur, de trop approfondir certaines
» questions qu'on doit laisser dans leur vénérable obscu-
» rité; il ne faut pas entrer trop avant dans le sanctuaire;
» ni lever le voile qui doit couvrir tout ce que l'on peut
» dire, tout ce que l'on peut croire du droit des peuples et
» de celui des rois, qui ne s'accordent jamais si bien que
» dans le silence. »

Ces paroles du cardinal De Retz peuvent s'appliquer à
la question de la souveraineté du peuple, à ses bornes et à
la manière de l'exercer; question qu'il faut discuter le
moins possible, et dont l'examen me détournerait aujour-
d'hui de mon raisonnement dont je reprends la suite.

V.

A QUEL PEUPLE CONVIENT LE GOUVERNEMENT RÉPUBLICAIN?

L'expérience a prouvé que cette forme de gouvernement
ne convient qu'à des États nouveaux, circonscrits dans des
limites territoriales peu étendues, où les fortunes sont mo-
diques et presqu'égales, et dont les citoyens sont conduits
par le ressort puissant de la vertu; car, dit le président
de Montesquieu : « la vertu est l'âme des républiques,
comme l'honneur est l'âme des monarchies. » Encore les
petites républiques dont on nous a proposé le modèle,
furent-elles sans cesse agitées par des troubles intérieurs,
jusqu'à ce que s'étant agrandies ou corrompues par les
richesses, elles tombèrent aux mains des tyrans nés de
leur sein, ou d'étrangers qui en firent la conquête. Pour
nous prouver qu'un grand État peut se constituer en république, nos adversaires nous citent les États-Unis d'Amé-

rique ; mais cet État est fédératif, c'est-à-dire ; que chaque province forme un État distinct : or, notre situation continentale, entourés que nous sommes de nations puissantes, souvent jalouses de notre prospérité, ne nous permettrait pas d'adopter une organisation qui, en rompant le faisceau de l'unité nationale, nous livrerait, presque sans défense, aux coups de nos voisins, tandis que les États-Unis d'Amérique n'ont affaire jusqu'ici, sur presque tous les points de leurs frontières, qu'à des peuplades sauvages et divisées, qui ne leur présentent aucun danger. Enfin, ils ne subsistent que depuis 60 ans, et parce que le pays n'est pas peuplé en raison de son étendue. Encore quelques années, et le mot de Franklin mourant sera vérifié ; il dit : « Je laisse la place d'un trône. »

VI.

LE GOUVERNEMENT RÉPUBLICAIN CONVIENT-IL

A LA FRANCE ?

Examinons, d'après les faits et les principes, si le gouvernement républicain convient à la France. Son territoire et sa population sont immenses ; sa civilisation très-avancée rend toutes les classes de citoyens avides de jouissances positives. Avons-nous ces vertus qui seules rendent possible cette constitution ; savoir : le désintéressement et le respect des lois ? Combien peu sont disposés à offrir à l'intérêt général le sacrifice de leur intérêt particulier ? On n'a cependant de civisme qu'à ce prix. Nous sommes bien loin de cet état normal des jeunes nations. C'est pour n'avoir pas compris cette grande vérité que la république de 1793, après avoir plongé la France dans une mer de sang, impuissante pour gouverner comme pour faire le bien, a livré la liberté, pieds et poings liés, à un homme (Napoléon); qui dora nos chaînes avec une gloire trop chèrement achetée. Le despotisme succède nécessairement à l'anarchie; il est le triste remède d'un grand mal; évitons le mal, pour ne pas tomber dans le remède.

VII.

DU MEILLEUR GOUVERNEMENT.

Ce qui précède me conduit à examiner quelle est la forme de gouvernement préférable pour un grand peuple. Nous venons de voir que la république ne saurait faire son bonheur; le pouvoir absolu, qui s'exerce sans contrôle, n'est pas moins intolérable; il est, d'ailleurs, contraire à la dignité de l'homme. La meilleure, sans contredit, est donc la monarchie, tempérée par des institutions d'ordre et de liberté. C'est le gouvernement constitutionnel qui participe de ces deux formes, et qui, sans avoir les inconvéniens attachés à chacune d'elles, en renferme tous les avantages.

Un roi qui veille à l'exécution des lois qu'il a juré de maintenir, et dont le titre héréditaire est un frein à l'ambition et un gage de stabilité.

La loi, véritable souveraine, égale pour tous, soit qu'elle protège, soit qu'elle punisse.

La loi, expression de la volonté générale, et qui ne peut naître que du concours des trois pouvoirs, promulguée selon les formes déterminées par la constitution.

Une assemblée de représentans, librement élus par nous et pris dans notre sein, et une pairie composée de l'élite de la nation, institution nécessaire pour s'opposer à l'envahissement des deux autres pouvoirs.

Des ministres responsables de leurs actes; des tribunaux inamovibles; le jury étendu à tous les crimes et à tous les genres de délits politiques; la liberté de la presse (et Dieu sait si l'on en use).

Est-il, je le demande à tout homme de bonne foi, une autre forme, plus parfaite, pour assurer à jamais le bonheur d'une nation, et garantir à la fois ses droits et sa liberté? Il ne faut pas oublier que les gouvernemens bien organisés se conduisent par des principes fixes et invariables, dans un intérêt de conservation : « En cela, semblables à Dieu qui obéit toujours à ce qu'il a commandé une fois. » L'oubli de cette règle précipite les États dans un abîme de maux, soit que les révolutions viennent des abus de l'autorité ou de la mobilité des nations.

VIII.

POURQUOI L'OPPOSITION REPOUSSE L'ÉVIDENCE.

Au lieu de ce gouvernement sage et modéré, qui ouvre pour nous toutes les sources de la prospérité, que prétendent nous donner nos ennemis, les champions de l'opposition? Je l'ai déjà dit : la république. Non qu'ils la croient praticable, non qu'ils aient foi en sa durée; mais c'est que, dans ce bouleversement, des places se trouveraient pour satisfaire leur vaste ambition; les exigences populaires amèneraient infailliblement des résistances qui motiveraient des spoliations, des confiscations, des essais de loi agraire, et toutes les horreurs de 1793.

IX.

CE QUE SERAIT LA RÉPUBLIQUE.

Ce qu'elle a été alors, elle le serait encore si elle venait à surgir des débris de nos institutions monarchiques. Les mêmes causes, les mêmes passions, produisent toujours les mêmes résultats, en dépit de la volonté des hommes qui croient tout diriger quand ils ne font que céder au torrent. Dans les révolutions, on veut n'aller que jusqu'à un certain point; on est tout surpris d'être dépassé, entraîné par le flot populaire dont on n'est plus maître, bien au-delà du but qu'on s'était d'abord proposé. Celui qui ouvre une digue n'est jamais sûr de la quantité d'eau qu'elle laissera écouler; en voulant arroser son champ, on l'inonde. Dieu seul a pu dire à l'Océan : *Tu viendras jusqu'ici, et tu ne passeras pas plus avant, et là s'arrêtera l'élévation de tes ondes.* Il est donc certain que la république de ces messieurs serait forcément une fidèle copie de la première. Il faudrait donc s'attendre à voir renaître, comme en 1793, un régime de terreur, de proscriptions, de prisons, de réquisitions, d'emprunts forcés, d'assignats et de *maximum*, et, en outre, la perte du crédit public, la guerre civile et l'invasion étrangère. Ceci n'est point exagéré. Nos anciens se rappellent ce tems de sombre mémoire, où l'échafaud, en permanence sur les places publiques, livrait à la mort 18,000 citoyens, tandis qu'une musique barbare répondait à la chute des têtes par l'air : *Ah! çà ira,* ou par cet autre :

> Va, va, Lebon, z'à la fenêtre ;
> De la machine à Guillotin.

Les villes, veuves de leurs plus notables habitans, étaient changées en prisons. Le soupçon, la crainte, étaient peints sur toutes les figures; plus de commerce, partant plus de travail, plus d'industrie; des subsistances rares et malsaines, un pain grossier, dit *pain de section,* aliment dont les chiens ne voulaient pas, et dont nos femmes et nos enfans devaient se contenter; tout cela s'appelait la liberté. Ceux des temples, échappés à la dévastation, étaient déserts, ou retentissaient, au lieu d'hymnes de paix, des vociférations des clubs, et des rêveries adressées à la *déesse Raison;* plus de culte, les insensés prétendaient détrôner Dieu. Leur dieu, c'était la mort; son ministre, l'homme rouge.......... L'ami des pauvres, le consolateur des misères humaines, avait fui cette terre désolée; l'honneur français s'était réfugié dans les camps, et tel général gagnait une bataille, le jour même où les républicains de son pays traînaient son père à l'échafaud.

Mais c'est assez vous noircir l'esprit par ces cruels souvenirs. Je le répète, ce qu'elle a été dans la première révolution, la république le serait encore; car l'écriture le dit : *Ce qui a été est ce qui sera, et ce qui a été fait est ce qui se fera.*

X.

DU BUDGET.

Ils ont encore un autre cheval de bataille, c'est leur gouvernement à bon marché. Ils disent, nos rêveurs d'adversaires : « Nous vous donnerons le gouvernement à bon marché. » Celui que nous avons est donc étrangement cher? Eh bien! comptons. Il y a en France 32 millions d'habitans; les charges de l'État sont immenses, et le gouvernement actuel coûte par an, à chaque individu, l'un dans l'autre, 31 francs environ, c'est-à-dire, entre 8 et 9 centimes (un peu moins de deux sous) par jour. Et ces 8 et 9 centimes de contribution ne tombent pas indistinctement sur tout le monde : chacun contribue suivant ses moyens. Pierre a dix fois autant de biens que Paul ; Pierre paie dix fois autant que ce dernier ; le surplus de sa cote rentre en réduction de celle de Paul. Ainsi donc une grande partie de l'impôt frappe les personnes aisées en faveur de celles qui ne possèdent rien. Des calculs exacts prouvent qu'il y a en France 10,288,156 propriétaires qui supportent la plus grande part du budget,

SAVOIR :

8,024,987	paient de	1	à	20 fr.
663,237	—	21	à	30
642,345	—	31	à	50
527,991	—	51	à	100
335,505	—	101	à	300
34,594	—	301	à	400
17,028	—	401	à	500
9,997	—	501	à	600
6,379	—	601	à	700
4,254	—	701	à	800
3,044	—	801	à	900
2,495	—	901	à	1,000
3,634	—	1,001	à	1,500
3,313	—	1,501	à	2,000
1,561	—	2,001	à	2,500
832	—	2,501	à	3,000
864	—	3,001	à	4,000
999	—	4,001	à	5,000 et au-dessus.

Aux yeux de tout homme sensé, la répartition actuelle paraîtra équitable : elle l'est en effet. Si le maintien de tout état social exige des dépenses, ces dépenses doivent être supportées par chacun, suivant ses facultés : cela est très-juste; quand on jouit des droits, des garanties de citoyen, on doit acquitter les charges qu'impose ce titre. Mais, il y a loin de cette répartition à celle que réclament les partisans de la république. Les républicans de 93 faisaient la guerre aux châteaux, aux presbytères, etc. ; ceux de nos jours la déclarent aux grandes fortunes, en demandant l'impôt progressif. Savez-vous ce que c'est que l'impôt progressif? — C'est la confiscation, le moyen de faire refluer tous les capitaux de France en pays étranger, de rendre misérables ceux qui sont riches, et de faire mourir de faim ceux qui sont pauvres. — Par cet impôt de nouvelle espèce, on chasserait les possesseurs de grands biens , d'immenses richesses ; on les forcerait, à l'aide d'une taxe inouïe, arbitraire, à émigrer, à aller vivifier ailleurs le commerce, l'industrie, l'agriculture; en un mot, à emporter avec eux, et contre leur gré, le travail, le pain qu'ils donnent à gagner, chaque année, à l'homme d'affaire, au manufacturier, au marchand, à l'artisan, à l'ouvrier.

Et notez bien, mon cher Morin, que, dans ce milliard du budget qu'ils nous jettent toujours à la tête, sont compris :

1.º Tous les frais de recouvrement de l'impôt, les restitutions et les non-valeurs, qui ne font que passer par les caisses du trésor, et ne sont réellement pas une recette qui augmente ses ressources, ci . . . . 161,000,000.

2.º L'intérêt de la dette publique et les pensions civiles, militaires et ecclésiastiques, s'élevant en tout à 379,000,000.

Somme énorme qui paie les dépenses des guerres de la république, de l'empire et de la restauration, l'indemnité accordée à des hommes qui, eux aussi, crient au milliard quand ils en trouvent l'occasion ; somme enfin à l'aide de laquelle la royauté de juillet acquitte les services rendus à la France sous tous les régimes qui se sont succédé depuis quarante ans.

Je ne me plains pas de ces charges, parce que je crois qu'il y va de la bonne foi publique et du repos de la patrie de tenir tous ces engagemens ; mais je dis qu'elles forment, avec les 161,000,000 qui précèdent, une somme de 540,000,000 à distraire de l'actif du budget. Il faut en prélever aussi 55,000,000 appartenant aux départemens et applicables à leurs seuls besoins ; il ne reste donc plus que 405,000,000 pour les services publics pendant toute l'année, c'est-à-dire, un peu moins de 4 centimes par jour et par tête d'habitant à qui ils profitent plus ou moins.

Que veulent-ils donc ? A-t-on pour rien une belle armée, des places fortes, des routes, des ponts, des canaux, des établissemens d'instruction publique, une administration veillant sur tous les points du territoire, etc., etc.? Bientôt, d'ailleurs, la réduction de notre état militaire permettra de diminuer notablement l'impôt. En attendant, soyez économe, et s'il vous reste deux sous au bout de la semaine, employez-les à toute autre chose qu'à acheter un mauvais pamphlet qui vous coûte, à lui tout seul, deux centimes de plus que votre quote-part d'un jour dans les charges de l'État.

XI.

UN ROI NE VAUT-IL PAS BIEN DES DIRECTEURS ?

Et quand ils n'auraient pas de roi, ces honnêtes gens, ne faudrait-il pas une autorité dirigeante? et ces directeurs géreraient-ils gratis? le personnel de l'administration ne serait-il pas à peu près le même? l'armée, les services publics, coûteraient-ils moins? Ils coûteraient davantage, parce que les revenus publics seraient administrés avec moins d'ordre et une surveillance moins suivie.

Croyez-moi, un roi honnête homme, un grand citoyen, Louis-Philippe, vaut bien quelques douzaines de ces messieurs qui crient si fort et qu'on n'a pas vus à la besogne. Ils veulent être directeurs, ces bons messieurs! Eh bien! je suis accommodant, moi, je ne m'y oppose pas, et je retiens pour eux la première direction vacante à Bicêtre, à St.-Venant ou à Charenton. En attendant, faisons notre profit de ce refrain de la chanson :

> « Si nous sommes bien tenons-nous y,
> » Peut-être ailleurs serons-nous pis. »

Au moins nous le connaissons ce prince, l'élu du peuple, au lieu que la bande noire, hum! hum!...... Vous conviendrez que c'est le cas de répéter cet ancien proverbe du pays de St.-Pol :

> « Il ne faut mettre à son doigt,
> » Que l'herbe qu'on connoît. »

J'espère, mon ami, que cette lettre vous inspirera de sérieuses réflexions sur le danger des doctrines subversives que l'on cherche à faire pénétrer dans les campagnes, pour égarer l'esprit des bons et loyaux habitans du Pas-de-Calais. Efforcez-vous de leur bien expliquer que les partis extrêmes ne valent rien, que la ruine et l'invasion seraient la suite inévitable d'une nouvelle révolution, et qu'il n'y a de salut pour la France que dans la conservation du gouvernement actuel. Surtout ne vous lassez pas de répéter qu'une drogue empoisonnée est trop cher quand elle ne coûterait que deux sous.

Je transcris, à la suite de cette lettre, la Charte constitutionnelle de 1830 ; sa lecture vous servira à vous attacher encore davantage au gouvernement sous lequel nous sommes heureux de vivre, et à vous faire bénir le prince qui, s'associant aux destinées d'un grand peuple, a renoncé aux jouissances de la vie privée pour se charger du bonheur de 32 millions d'hommes, et a échangé avec les délégués de la nation le serment de respecter ce pacte sacré.

Recevez mon salut bien cordial.

JACQUES BONSENS, L'ARTÉSIEN.

CHARTE
CONSTITUTIONNELLE.

Paris, 14 Août 1830.

LOUIS-PHILIPPE, Roi des Français,

A tous présens et à venir, Salut.

Nous avons ordonné et ordonnons que la Charte constitutionnelle de 1814, telle qu'elle a été amendée par les deux Chambres le 7 août et acceptée par nous le 9, sera de nouveau publiée dans les termes suivans :

DROIT PUBLIC DES FRANÇAIS.

ARTICLE PREMIER.

Les Français sont égaux devant la loi, quels que soient d'ailleurs leurs titres et leurs rangs.

ART. 2.

Ils contribuent indistinctement, dans la proportion de leur fortune, aux charges de l'Etat.

ART. 3.

Ils sont tous également admissibles aux emplois civils et militaires.

ART. 4.

Leur liberté individuelle est également garantie, personne ne pouvant être poursuivi ni arrêté que dans les cas prévus par la loi et dans la forme qu'elle prescrit.

ART. 5.

Chacun professe sa religion avec une égale liberté, et obtient pour son culte la même protection.

ART. 6.

Les ministres de la religion catholique, apostolique et romaine, professée par la majorité des Français, et ceux des autres cultes chrétiens, reçoivent des traitemens du trésor public.

ART. 7.

Les Français ont le droit de publier et de faire imprimer leurs opinions en se conformant aux lois.

La censure ne pourra jamais être rétablie.

ART. 8.

Toutes les propriétés sont inviolables, sans aucune exception de celles qu'on appelle nationales, la loi ne mettant aucune différence entre elles.

ART. 9.

L'Etat peut exiger le sacrifice d'une propriété pour cause d'intérêt public légalement constaté, mais avec une indemnité préalable.

ART. 10.

Toutes recherches des opinions et des votes émis jusqu'à la restauration sont interdites : le même oubli est commandé aux tribunaux et aux citoyens.

ART. 11.

La conscription est abolie. Le mode de recrutement de l'armée de terre et de mer est déterminé par une loi.

FORMES DU GOUVERNEMENT DU ROI.

ART. 12.

La personne du Roi est inviolable et sacrée. Ses ministres sont responsables. Au Roi seul appartient la puissance exécutive.

ART. 13.

Le Roi est le chef suprême de l'Etat; il commande les forces de terre et de mer, déclare la guerre, fait les traités de paix, d'alliance et de commerce, nomme à tous les emplois d'administration publique, et fait les réglemens et ordonnances nécessaires pour l'exécution des lois, sans pouvoir jamais ni suspendre les lois elles-mêmes ni dispenser de leur exécution.

Toutefois aucune troupe étrangère ne pourra être admise au service de l'Etat qu'en vertu d'une loi.

ART. 14.

La puissance législative s'exerce collectivement par le Roi, la Chambre des pairs et la Chambre des députés.

ART. 15.

La proposition des lois appartient au Roi, à la Chambre des pairs et à la Chambre des députés.

Néanmoins toute loi d'impôt doit être d'abord votée par la Chambre des députés.

ART. 16.

Toute loi doit être discutée et votée librement par la majorité de chacune des deux Chambres.

ART. 17.

Si une proposition de loi a été rejetée par l'un des trois pouvoirs, elle ne pourra être représentée dans la même session.

ART. 18.

Le Roi seul sanctionne et promulgue les lois.

ART. 19.

La liste civile est fixée pour toute la durée du règne par la première législature assemblée depuis l'avènement du Roi.

CHAMBRE DES PAIRS.

ART. 20.

La Chambre des pairs est une portion essentielle de la puissance législative.

ART. 21.

Elle est convoquée par le Roi en même tems que la Chambre des députés. La session de l'une commence et finit en même tems que celle de l'autre.

ART. 22.

Toute assemblée de la Chambre des pairs qui serait tenue hors du tems de la session de la Chambre des députés, est illicite et nulle de plein droit, sauf le seul cas où elle est réunie comme cour de justice, et alors elle ne peut exercer que des fonctions judiciaires.

ART. 23.

(Loi du 29 décembre 1831,(*) qui remplace l'art. 23 de la charte.)
La nomination des membres de la chambre des pairs appartient au Roi, qui ne peut les choisir que parmi les notabilités suivantes :

Le président de la chambre des députés et autres assemblées législatives ;

Les députés qui auront fait partie de trois législatures ou qui auront six ans d'exercice ;

Les maréchaux et amiraux de France ;

Les lieutenans — généraux et vice-amiraux des armées de terre et de mer, après deux ans de grade ;

(*) Cette loi est contresignée par M. C. Périer, Président du conseil des Ministres, et par M. Barthe, Garde des sceaux, Ministre de la justice.

Les ministres à département ;

Les ambassadeurs, après trois ans, et les ministres plénipotentiaires, après six ans de fonctions;

Les conseillers-d'état, après dix ans de service ordinaire ;

Les préfets de département et les préfets maritimes, après dix ans de fonctions ;

Les gouverneurs coloniaux, après cinq ans de fonctions.

Les membres des conseils généraux électifs, après trois élections à la présidence ;

Les maires des villes de trente mille âmes et au-dessus, après deux élections au moins comme membres du corps municipal, et après cinq ans de fonctions de mairie ;

Les présidens de la cour de cassation et de la cour des comptes;

Les procureurs-généraux près ces deux cours, après cinq ans de fonctions en cette qualité ;

Les conseillers de la cour de cassation et les conseillers-maîtres de la cour des comptes, après cinq ans ; les avocats-généraux près la cour de cassation, après dix ans d'exercice ;

Les premiers présidens des cours royales, après cinq ans de magistrature dans ces cours ;

Les procureurs-généraux près les mêmes cours, après dix ans de fonctions ;

Les présidens des tribunaux de commerce dans les villes de trente mille âmes et au-dessus, après quatre nominations à ces fonctions;

Les membres titulaires des quatre académies de l'institut;

Les citoyens à qui, par une loi et à raison d'éminens services, aura été nominativement décerné une récompense nationale ;

Les propriétaires, les chefs de manufacture et de maison de commerce et de banque, payant trois mille francs de contributions directes, soit à raison de leurs propriétés foncières depuis trois ans, soit à raison de leurs patentes depuis cinq ans, lorsqu'il auront été pendant six ans membres d'un conseil général ou d'une chambre de commerce ;

Les propriétaires, les manufacturiers, commerçans ou banquiers, payant trois mille francs d'impositions, qui auront été nommés députés ou juges des tribunaux de commerce, pourront aussi être admis à la pairie sans autre condition.

Le titulaire qui aura successivement exercé plusieurs des fonctions ci-dessus, pourra cumuler ses services dans toutes pour compléter le tems exigé, dans celle où le service devrait être le plus long.

Seront dispensés du tems d'exercice exigé par les paragraphes 5, 7, 8, 10, 14, 15, 16 et 17 ci-dessus, les citoyens qui ont été nommés dans l'année qui a suivi le 30 juillet 1830, aux fonctions énoncées dans ces paragraphes.

Seront également dispensés, jusqu'au 1.ᵉʳ janvier 1837, du tems d'exercice exigé par les paragraphes 3, 11, 12, 18 et 21 ci-dessus, les personnes nommées ou maintenues, depuis le 30 juillet 1830, aux fonctions énoncées dans ces cinq paragraphes.

Ces conditions d'admissibilité à la pairie, pourront être modifiées par une loi.

Les ordonnances de nomination de pairs seront individuelles. Ces ordonnances mentionneront les services et indiqueront les titres sur lesquels la nomination sera fondée.

Le nombre des pairs est illimité.

Leur dignité est conférée à vie et n'est pas transmissible par droit d'hérédité.

Ils prennent rang entre eux par ordre de nomination.

A l'avenir, aucun traitement, aucune pension, aucune dotation, ne pourront être attachés à la dignité de pair.

ART. 24.

Les pairs ont entrée dans la Chambre à vingt-cinq ans, et voix délibérative à trente ans seulement.

ART. 25.

La Chambre des pairs est présidée par le chancelier de France, et, en son absence, par un pair nommé par le Roi.

ART. 26.

Les princes du sang sont pairs par droit de naissance : ils siégent immédiatement après le président.

ART. 27.

Les séances de la Chambre des pairs sont publiques, comme celles de la Chambre des députés.

ART. 28.

La Chambre des pairs connaît des crimes de haute trahison et des attentats à la sûreté de l'Etat, qui seront définis par la loi.

ART. 29.

Aucun pair ne peut être arrêté que de l'autorité de la Chambre, et jugé que par elle en matière criminelle.

DE LA CHAMBRE DES DÉPUTÉS.

ART. 30.

La Chambre des députés sera composée des députés élus par les colléges électoraux dont l'organisation sera déterminée par les lois.

ART. 31.

Les députés sont élus pour cinq ans.

ART 52.

Aucun député ne peut être admis dans la Chambre, s'il n'est âgé de trente ans, et s'il ne réunit les autres conditions déterminées par la loi.

ART. 55.

Si, néanmoins, il ne se trouvait pas dans le département cinquante personnes de l'âge indiqué payant le cens d'éligibilité déterminé par la loi, leur nombre sera complété par les plus imposés au-dessous du taux de ce cens, et ceux-ci pourront être élus concurremment avec les premiers.

ART 54.

Nul n'est électeur, s'il a moins de vingt-cinq ans, et s'il ne réunit les autres conditions déterminées par la loi.

ART. 55.

Les présidens des colléges électoraux sont nommés par les électeurs.

ART. 56.

La moitié au moins des députés sera choisie parmi les éligibles qui ont leur domicile politique dans le département.

ART. 57.

Le président de la Chambre des députés est élu par elle à l'ouverture de chaque session.

ART. 58.

Les séances de la Chambre sont publiques ; mais la demande de cinq membres suffit pour qu'elle se forme en comité secret.

ART. 39.

La Chambre se partage en bureaux pour discuter les projets qui lui ont été présentés de la part du Roi.

ART. 40.

Aucun impôt ne peut être établi ni perçu, s'il n'a été consenti par les deux Chambres et sanctionné par le Roi.

ART. 41.

L'impôt foncier n'est consenti que pour un an. Les impositions indirectes peuvent l'être pour plusieurs années.

ART. 42.

Le Roi convoque chaque année les deux Chambres : il les proroge et peut dissoudre celle des députés; mais, dans ce cas, il doit en convoquer une nouvelle dans le délai de trois mois.

ART. 43.

Aucune contrainte par corps ne peut être exercée contre un membre de la Chambre durant la session et dans les six semaines qui l'auront précédée ou suivie.

ART. 44.

Aucun membre de la Chambre ne peut, pendant la durée de la session, être poursuivi ni arrêté en matière criminelle, sauf le cas de flagrant délit, qu'après que la Chambre a permis sa poursuite.

ART. 45.

Toute pétition à l'une ou à l'autre des Chambres ne peut être faite et présentée que par écrit; la loi interdit d'en apporter en personne et à la barre.

DES MINISTRES.

ART. 46.

Les ministres peuvent être membres de la Chambre des pairs ou de la Chambre des députés.

Ils ont en outre leur entrée dans l'une ou l'autre Chambre, et doivent être entendus quand ils le demandent.

ART. 47.

La Chambre des députés a le droit d'accuser les ministres et de les traduire devant la Chambre des pairs, qui seul a celui de les juger

DE L'ORDRE JUDICIAIRE.

ART. 48.

Toute justice émane du Roi; elle s'administre en son nom par des juges qu'il nomme et qu'il institue.

ART. 49.

Les juges nommés par le Roi sont inamovibles.

ART. 50.

Les cours et tribunaux ordinaires actuellement existans sont maintenus ; il n'y sera rien changé qu'en vertu d'une loi.

ART. 51.

L'institution actuelle des juges de commerce est conservée.

ART. 52.

La justice de paix est également conservée. Les juges-de-paix, quoique nommés par le Roi, ne sont point inamovibles.

ART. 53.

Nul ne pourra être distrait de ses juges naturels.

ART. 54.

Il ne pourra, en conséquence, être créé de commissions et de tribunaux extraordinaires, à quelque titre et sous quelque dénomination que ce puisse être.

ART. 55.

Les débats seront publics en matière criminelle, à moins que cette publicité ne soit dangereuse pour l'ordre et les mœurs ; et, dans ce cas, le tribunal le déclare par un jugement.

ART. 56.

L'institution des jurés est conservée. Les changemens qu'une plus longue expérience ferait juger nécessaires, ne peuvent être effectués que par une loi.

ART. 57.

La peine de la confiscation des biens est abolie et ne pourra pas être rétablie.

ART. 58.

Le Roi a le droit de faire grâce et celui de commuer les peines.

ART. 59.

Le code civil et les lois actuellement existantes qui ne sont pas contraires à la présente Charte, reste en vigueur jusqu'à ce qu'il y soit légalement dérogé.

DROITS PARTICULIERS

GARANTIS

PAR L'ÉTAT.

ART. 60.

Les militaires en activité de ser-

vice, les officiers et soldats en re-
traite, les veuves, les officiers et
soldats pensionnés, conserveront
leurs grades, honneurs et pensions.

ART. 61.

La dette publique est garantie.
Toute espèce d'engagement pris
par l'Etat avec ses créanciers est
inviolable.

ART. 62.

La noblesse ancienne reprend
ses titres, la nouvelle conserve les
siens. Le Roi fait des nobles à volonté; mais il ne leur accorde que
des rangs et des honneurs, sans
aucune exemption des charges et
des devoirs de la société.

ART. 63.

La Légion-d'Honneur est main-
tenue. Le Roi déterminera les réglemens intérieurs et la décoration.

ART. 64.

Les colonies sont régies par des
lois particulières.

ART. 65.

Le Roi et ses successeurs jureront
à leur avènement, en présence des
Chambres réunies, d'observer fidè-
lement la Charte constitutionnelle.

ART. 66.

La présente Charte et tous les
droits qu'elle consacre demeurent
confiés au patriotisme et au cou-
rage des gardes nationales et de
tous les citoyens français.

ART. 67.

La France reprend ses couleurs.
A l'avenir, il ne sera plus porté
d'autre cocarde que la cocarde
tricolore.

Dispositions particulières.

ART. 68.

Toutes les nominations et créa-
tions nouvelles de pairs faites sous
le règne de Charles X sont déclarées
nulles et non avenues.

L'article 23 de la Charte sera
soumis à un nouvel examen dans
la session de 1831.

ART. 69.

Il sera pourvu successivement
par des lois séparées et dans le plus
court délai possible aux objets qui
suivent :

1.° L'application du jury aux
délits de la presse et aux délits
politiques;

2.º La responsabilité des ministres et des autres agens du pouvoir ;

3.º La réélection des députés
promus à des fonctions publiques
salariées ;

4.º Le vote annuel du contingent
de l'armée ;

5.º L'organisation de la garde
nationale, avec intervention des
gardes nationaux dans le choix de
leurs officiers ;

6.º Des dispositions qui assurent
d'une manière légale l'état des
officiers de tout grade de terre et
de mer ;

7.º Des institutions départemen-
tales et municipales fondées sur un
système électif ;

8. L'instruction publique et la
liberté de l'enseignement ;

9.º L'abolition du double vote
et la fixation des conditions élec-
torales et d'éligibilité.

ART. 70.

Toutes les lois et ordonnances,
en ce qu'elles ont de contraire aux
dispositions adoptées pour la ré-
forme de la Charte, sont dès à
présent et demeurent annulées et
abrogées.

DONNONS EN MANDEMENT à nos Cours et Tribunaux, Corps administratifs, et tous autres, que la présente CHARTE CONS-TITUTIONNELLE ils gardent et maintiennent, fassent garder, observer et maintenir, et, pour la rendre plus notoire à tous, ils la fassent publier dans toutes les municipalités du royaume, et partout où besoin sera ; et afin que ce soit chose ferme et stable à toujours, nous y avons fait mettre notre sceau.

Fait au Palais-Royal, à Paris, le 14.º jour du mois d'août l'an 1830.

Signé LOUIS-PHILIPPE.

Vu et scellé du grand sceau :

Le Garde des sceaux, Ministre Secrétaire-d'État au département de la justice,

Signé DUPONT (de l'Eure).

Par le Roi :

Le Ministre Secrétaire-d'État au département de l'intérieur,

Signé GUIZOT.